나무, 나의 모국어

나무, 나의 모국어

이기철 시집

민음의 시 180

민음사

自序

이 시들은 숟가락으로 떠먹은 내 시간의 미세한 기록이다.
나는 이 시들로 나무와 짐승, 풀과 꽃, 벌레와 돌멩이하고도
맘 놓고 이야기할 수 있게 되었다. 어린 시어들을 싣고
나는 낯익거나 낯선 거리를 지향도 없이 유모차를 몰고 배회했다.
사금파리에 발이 찔려도 소낙비를 날로 맞아도,
말들이 적색 신호등을 켜도 나는 유모차를 멈추지 않았다.
저들끼리만 즐거운 풀꽃, 나무들의 침묵이 나를 슬프게 했지만
나는 돌멩이처럼 눌러 참았다. 그런 시간이 쌓이는 동안 나는
나무와 돌의 말을 알아듣게 되었다.
고독과 허무를 반죽하면 곱고 보드라운 기쁨을 만질 수 있으리라고
나는 없는 진실을 메달처럼 목에 걸어 보곤 했다. 비애가 스승임을
늦게 깨닫는 오늘, 아름다움 한 사발 찬물처럼 받아 마시고
죽는 날까지 들판 국어책을 읽을 수 있으면 좋겠다.
나는 이 책의 마지막 페이지를 다 읽어 버릴까 두렵다.
서서 바라보는 유리창에 잔별이 부서진다.

솔바람 소리 귀를 씻는 임진년 정월
이기철

차례

1부

회색 돌에 대해 시를 쓰고 싶을 때

지붕과 멀어서 별은 반짝인다
엽록들이 사라진 밤에도 돌들은 신생을 부르고
이른 잠을 청하는 이파리들의 밀어를 듣는 시간에는
돌의 귀가 맑아진다
수 세기의 평화처럼 나무는 잠들고
오늘 새로 핀 꽃들은 이 세상이 처음이어서
아무도 흉내 낼 수 없는 눈을 뜨고
백 년 뒤의 햇빛을 당겨와 몸속에 저장한다
네 몸에 꽃잎 닿을 때 아프지 않은가, 돌이여
그러나 제 몸에 내려온 꽃잎의 기억으로
돌은 백 년을 견딘다
대낮을 편식하고 절연의 어둠으로 걸어가
더욱 단단해진 육체의 소유자
돌을 쪼개 보면 무수한 한낮이 쏟아진다
돌의 미덕은 도저한 견고함이다
수정을 잉태한 지고한 사랑
견디며 기다린 피그말리온의 생령이다

아름다움의 출생지

그를 맞이하기 위해 하루는 아침에서 저녁으로 걸어간다
이 세상 언니이고 누이인 아름다움이여
초승달이 뜰 때까진 아직 시간이 남아 있다
그대 오늘 저녁 식탁에는 씻은 쟁반을 한 번 더 씻어 놓
아라
별빛 놀다 간 접시마저 냅킨으로 닦고
가장 친절한 음악 한 구절도 나중에 오라고 통기해 두어라
그가 수저를 들 때까진
고요 외의 어떤 발자국 소리도 들어오게 해선 안 된다
그가 우아와 정숙의 반찬 그릇을 다 비울 때까지
손수건 구기는 소리도 내지 마라
그가 고요의 식사를 마치면
청초와 정결로 쓰인 책을 읽어야 한다
추를 깔고 앉아 읽는 그의 책은 모든 형용사의 누이다
이 세상에 없던 말로, 아름다움이여, 라고 부른 첫 입술
이여
나누어 주고 나누어 주어도 남는 미의 사전을 펴고
그가 밝음의 아우들을 데리고 휴식에 들 수 있도록

계단과 뜰에 빗자루질도 잊지 마라
내가 맞이한 기쁨은 모두 그로 인한 것이다
그는 유리창이 가장 두려워하는 투명이다
그는 내가 시로 쓸 수 있는 최후의 모국어다

처녀 시에게

너의 흰 몸 위에 내 떨리는 손이 닿는다
세상 바깥에서 기다리는 애인이여
내 손이 너의 성의(聖衣)를 벗기면
네 가슴을 돌아 나오는 맥박 소리가 강물 소리로 들린다
안 보이는 곳에서 숨죽여 울던 누이여
나는 추운 지붕 아래를 지나다
세상의 상처를 붕대로 싸매어 주는 너를 보았다
고독이 놀다간 빈자리
아픔마다 새살로 돋는 너를 보았다
누가 네 앞에서 짐짓 새로움을 말할 수 있느냐
오직 너만이 신생이다
너의 온기가 마른 숲을 지나 마을을 데울 때
우리가 사는 골목 사이로
금세기의 가장 깨끗한 발이 지나간다
네가 오면 사람들은 옷섶의 단추를 풀고
풀린 단추 속으로 너의 온기를 마신다
원시의 지층이 처음 열리고
잠에서 깨어난 말 하나가 맨발로 걸어 나온다

가을이라는 물질

가을은 서늘한 물질이라는 생각이 나를 끌고 나무 나라
로 들어간다
잎들에는 광물 냄새가 난다
나뭇잎은 나무의 영혼이 담긴 접시다
접시들이 깨지지 않고 반짝이는 것은
나무의 영혼이 담겨 있기 때문이다
햇빛이 금속처럼 내 몸을 만질 때 가을은 물질이 된다
나는 이 물질을 찍어 편지 쓴다
촉촉이 편지 쓰는 물질의 승화는 손의 계보에 편입된다
내 기다림은 붉거나 푸르다
내 발등 위에 광물질의 나뭇잎이 내려왔다는 기억만으
로도
나는 한 해를 견딜 수 있다
그러나 너무 오만한 기억은 내 발자국을 어지럽힌다
낙엽은 가을이라는 물질 위에 쓴
나무의 유서다
나는 내 가을 시 한 편을 낙엽의 무덤 위에 놓아두고
흙 종이에 발자국을 찍으며 돌아온다

음악은 발자국 소리를 낸다

음악 속에는 누가 딛고 간 발자국 소리가 있다
소심하게 일생의 이불을 개고
깨끗한 계단을 다시 쓸고
예감에 젖은 귀를 음표 쪽으로 기울이며
망토를 땅에 끌고 걸어간 신발 소리가 있다
자주 맑았다 흐려지는 심금의 무늬로
몇 소절 악보를 쓰고
세상의 끝을 밟고 걸어간 구두 소리가 있다
착상에서 완성까지 길을 찾던 애절인 오솔길과
때로 그를 휘몰아치던 뇌우와 벽력이
다리 오그린 쉼표 속에 쉬고 있다
달빛에 젖은 오선지와
어린 새의 잠을 도왔던 어깨 넓은 교목림과
유독 그 구절에서만 지우고 다시 쓴 교착의 시간이 있다
연필을 깎고 턱을 고인 고뇌의 책상과
물방울로 떠오르던 음계들
늘 구름의 행로가 궁금하던 사유들
우리가 쓸쓸할 때 부를 악절 하나를
우리 가슴에 단추처럼 달아 주기 위해

그의 손등은 파란 정맥이 돋았을 것이다
그가 응시했던 고통의 빛깔
이젠 낡아서 읽을 수도 없는 악보에는
음악이 부화하는 가장 조용한 소리 하나가
신생처럼 태어나고 있다
햇볕이 없을 때 더 푸르러지는 잎맥처럼

나무, 나의 모국어

1
돌이 따뜻해질 때까지
돌 위에 앉아 시를 쓴다

오늘은 무슨 일을 하려는지
바삐 일손을 다듬는 햇살

바람이 난생처음 배운 말을 하며 지나가면
나무에도 조금씩 젖니가 돋아

이파리가 음계를 물고 제 몸 위에 떨어지면
개울물은 비로소 청춘을 회복한다

일생을 서 있는 나무들은 발이 부었지만
잎들은 산맥에 넘겨준 햇빛을 두 손으로 되찾아 온다

아버지 나무가 작년에 피웠던 꽃을 빼닮은
올해의 꽃을 들고 서 있는 아들 나무들

가장 가난해서 부자인 나무는 나의 모국어
네가 부려 놓은 그늘은 늘 내 머리 위에 있다

2
나는 나와 함께 이 세상 건너는 사람들에게
한 오리 실밥만 한 선물도 보낸 적이 없다

오늘은 시 한 줄 햇빛 보자기에 싸서
발송인 없는 선물을 보내려 한다

작게 작게 생각하면서 익는
열매들의 깨끗한 잇몸 같은

꽃씨가 물고 있는
베낄 수 없는 언어 같은

손바닥에 떨어지는
향기 묻은 새똥 같은

이 말을 읽는 그의 가슴에
금잔화 새 움 같은 기쁨 하나 싹 틔울 수 있다면

올해 고령인 돌이 내 무릎 아래서
첫돌배기나 되는 것처럼 나를 올려다본다

내 손등의 정맥 사이로 날짜와 요일이
소풍 가는 아이마냥 지나간다

3
저 새조차 울지 않으면
내 오후가 많이 아플 것 같다

머리 위를 나는 새들의 날갯소리가
종잇장 찢는 소리를 낸다

나무들이 부끄럼 많은 여자처럼 유방을 감추고
나뭇잎은 습관적으로 강물 소리를 낸다

벌레들은 대개 제 청춘을 여기서 낭비한다
제 빛깔을 흔들며 불편한 어제를 잊는 잎들

인편 끊긴 날엔 속속 나비 엽서가 도착한다
이 엽서는 꼬박 열흘은 읽어야 한다

한 번도 이별을 경험하지 못한 나무에게
이별의 적요를 가르칠 순 없다

나무가 보내는 신선한 소식들이
나이 든 마을을 젊게 한다

4
돌 위에 앉아
돌이 따뜻해질 때까지 시를 쓴다

나무 외에도 숭고한 명명은 또 있지만
오늘은 다른 이름은 부르지 않으려 한다

오전을 핀으로 박아 놓아도
오후는 어김없이 찾아와 누룽지처럼 말라붙는다

내 발이 가까이 기면 길을 비키는 나무도 있다
그러나 나무는 내 나무가 아니고 나무의 나무다

걸음을 배우기 전 덩굴 벋는 법을 배운 가지들
구름은 그 가지에 가슴을 찔려 보고 싶어 한다

나는 세 시간에서 다섯 시간 안에
이 시를 마치려 했는데

내게로 밀물져 오는 생각의 물살로
사흘에서 닷새 동안 이 시를 쓴다

어느덧 내 살 닿은 돌이 따뜻해졌다

백조(白鳥)가 날아왔다

시원(始原)의 길을 넓히며 백조가 날아왔다
하루라는 옷을 입고 시간이란 시간은 모두 내일로 가고 있다
우리가 초와 분으로 세는 시간의 평지 위에
가벼이 흰 깃털을 떨어뜨리며
먼 곳의 소식처럼 그가 왔다
어디선가 흐린 하늘이 열리고 없던 세계 하나가 탄생한다
그가 부리로 물고 온 세계는 필연으로 고고하다
군거의 새가 날아도 그는 필사적으로 혼자이다
고독의 만찬을 즐기는 걸까
세계의 바느질이 지은 한 벌 깨끗한 흰옷을 입고
수평이 펼쳐 놓은 무구(無垢)를 딛고 그가 왔다
이 세기의 햇살이 그를 안내한다
그가 오면 나무들이 고른 숨을 쉬고
교목들이 아름다이 제 간격을 유지한다
하늘의 가장 가까운 곳에 잠든 지붕을 깨우며
어떤 불결과 광포함도 잠재우며
정결 하나가 왔다
그가 두 발로 꼿꼿이 서 있는 한
지구의 허파들이 경건한 숨을 쉰다
초연(超然)이라는 말 하나가 탄생하는 순간이다

갈색 나무들이 서 있는 숲을 지나면서 슬픔을 만났다

이것은 슬픔을 견디는 나무 이야기다
아직 소년인 슬픔이 오는 신발 소리는 숲의 귀를 열리게
한다

실핏줄조차 하이얀 나무여, 네가 둥치로 숲을 받쳐 들 때
나는 마흔 번은 네 안을 돌아 나왔기에
너의 기다림의 색깔을 잘 안다

저리도 키 큰 것이 지붕도 굴뚝도 없이
내일이 오리라는 믿음도 없이 서 있는
너의 참음의 종류 속을 나는 여러 번 돌아 나왔다

아무도 태어나지 않는 날은 슬픔 하나라도 태어나야 한다
외로움보다는 슬픔이 다정하니까
슬픔보다는 아픔이 정겨우니까

그러나 너무 경건한 것은 우리를 슬프게 한다

누구도 명령하지 않았는데 나무들은 일렬로 서 있다

밤이면 너희들도 곁에 나무들의 이름을 부르느냐

조금만 더 견뎌 달라고 내 온돌의 말을 건넬 때
슬픔의 몇 벌 옷을 입은 갈색 나무들이
내 곁으로 걸어온다

나무를 보고 있으면 나는 참음이 슬픔임을 알게 된다
그래 나무야 너는 이 겨울을 혼자 견뎌야 해
힘내!

북성(北星) 식물원

나는 일생 말 농사를 짓고도 품삯 한 푼 받지 못한 사람
풍요보다 기근이 기뻐 일생을 정신의 볏논에 물 대는 사람

북쪽 하늘에 카시오페이아좌가 있다고 들었다
오랜 역두(驛頭)의 기다림에도 카시오페이아좌로부터 입
성(入星) 허가를 받지 못했다
그러므로 지구인들은 내일을 위해 작목할 농지를 늘려
야 한다
누가 광개토의 가슴 끓이지 않은 사람 있는가

저녁이 오는 소리에 바빠지는 염소는 짧은 입으로 풀을
뜯고
사람은 서둘러 쌀을 안쳐 저녁연기를 굴뚝에 심는다
이슬에 젖기 전에 홑이불 걷는 소리 지붕 가득 어지럽고
지다 만 아카시아 꽃만 무더기 채 져 내린다

내 낯모르는 이들 이 세상을 먼저 다녀간 땅에
나는 아직도 삼동을 이길 목화씨를 뿌리는 사람
패총과 석탑, 솟대 장승으로 그들의 영혼이 밴 길 위에

나는 두루마리 같은 생을 내다 건다

누구의 것도 아닌 저녁 종소리에도 거두던 밑단을 놓아
두고

기도하는 사람의 간구는 무엇일까

카시오페이아좌에는 몇 채의 초가집이 있으리라는 건

꺼지기 쉬운 내 작은 램프의 상상

그러나 먼저 죽은 사람들은 죽음에 대해선 함묵한다

그래서 죽음은 끝내 길들일 수 없는 신비

몇 달 뒤 이삭이 될 수수들이 피 묻은 그리움을 들고

제 키만큼 흔들리고

사람들은 딸그락거리는 쟁반 위에 풋사과 같은 생을 담
는다

떫은 생일수록 잎사귀는 싱싱하다

나는 길들지 않은 짐승들이 산의 주인이 되어야 한다고
굳게 믿는 사람

날마다 한 트럭의 어휘를 싣고 언덕을 오르는 나날이지만

돌아오는 것은 늘 빈 트럭에 담긴 못 영근 수숫대뿐이다
누가 알곡 닷 되로 저자에 나가
내 쭉정이 어휘를 생의(生意)로 살 것인가
나는 이마에 손차양을 하고 일생의 흉작을 바라보는 사람
간절했던 날들이 가장 아름다웠던 날들이었음을 회억하며
산 목을 찌르는 한기가 수수밭을 덮기 전에
추운 염소 떼를 몰고 귀가를 서둘러야 하는 사람
그러나 오늘도 카시오페이아좌로부터는
백만 년 전에 인편 끊어져
지구로 오는 소식이 두절되었다

절망에 닿아 본 사람들은 희망의 생육 시간도 잘 안다
고 쓰고
나는 몇 속(束) 비탄의 묘목을 마음 박토에 심는다
저 비탄이 풍요를 가져오리라고 믿진 않지만
비탄의 소금으로 절여 놓아 썩지 않는 생도 있다는 걸
나는 이 짧은 어휘로 다 쓰지 못해
신산의 새벽을 채찍질해 붓을 든다
북성(北星)의 거미줄로 지은 이 옷 다 해질 때까지

마음 허공에 창을 달다

창을 달자 첫 내방객은 햇빛이다

내 시의 첫 글자는 햇빛
그 아래서 바람은 생을 건축한다
하루는 태양의 분말이라고 쓰고
그 뒷 구절은 침묵

작년 겨울 묵호에 가서 배웠다
모든 독자는 형안(炯眼)이라는 걸

스무 개의 어휘밖에 몰랐던 날의 글쓰기는 차라리 순수
였다
지금의 이 난필들은 허위일까 그러나
그렇다고 답하기에는 내 믿음을 못질했던 진실이 아프다
사색의 둘레에 핀 꽃을 말하는 방법을 알기 위해
모세의 혈관을 일으켜 시를 썼던 날들

독자여 그대는 왜
시인의 기쁨을 읽지 않고 비애만 읽는가

금계랍* 같은 세월 속을 걸으면서도
메밀꽃 같은 생각들을 피웠던 길 위의 시간들을
나는 내려놓지 못한다

정거장은 쉽사리 나를 버리고 새 사람을 갈아 태우지만
나는 지나온 정거장들에 흩어진 넝마와 같은 추억을 잊
지 못한다
내 서른 해를 머물렀던 학교를 정거장이라 하기엔
그 계단과 칠판 앞에 버린 발자국의 앙탈이 눈물겹다
그러나 다시금, 그곳도 내 안주처는 아니었다는 사실이
나를 아프게 한다

잠들지 말라고, 생이 길지 않다고
산 것들의 정수리에 퍼붓는 햇빛 폭포
그것으로 생을 찬양하기에는 내 언어가 빈약하다
수심을 길들이는 날이 가장 소중한 날임을
내 섬모의 언어로 말할 수 있다면
나는 이제 붓을 놓아도 된다

기쁨의 절반, 슬픔의 절반을 못질해
오늘도 나는 마음 허공에 창을 단다
창을 다는 것은 희망을 다는 것
그러나 내 가장 큰 희망은
독자의 가슴에 햇빛 금박 한 올 입혀 주는 일

* 해열 진통제로 쓰이는 바늘 모양의 흰 가루.

읽는다는 것

파종마다 고요를 깨뜨리는 범종 소리가 들어 있다
동토를 건너온 종자들이 다시 풍경(風磬) 소리를 낼 때
풀도 나무도 읽어야 한다는 사실이 나를 깨우친다

일생 서서 흔들리는 나무가 무연(無緣)으로 서 있겠는가
그의 무릎 아래 근골 아래 글썽이는 마음 고여 놓고
슬픈 전설로 남아 있는 여름 하늘의 별자리를 우러른다
별에도 소 끄는 남정과 베 짜는 여인네가 있다는 상상은
인간이 하늘로 오르고 싶다는 희원
그 희원이 멀면 멀수록 그것은 얼마나 슬픈 아름다움인가

돌아보면 멀리도 왔다마는
나를 예까지 데리고 온 것은 성좌 전설보다 억세고 질긴
힘이다
견인이라는 말은 목이 마르다는 말
목마르게 그의 구문을 따라가야 최소한의 슬픔의 무늬
를 읽을 수 있다
생각하면 구름이 남루해진 것도 그가 너무 멀리 걸어온
까닭이다

얼마나 몸이 무거웠으면 구름은 비가 되어 내리겠는가
비라고 부를 때 우리는 벌써 맹목의 외투
젖은 반신이거나 비애의 여울물에 들어서지 않느냐

독창(毒槍)에 찔린 가슴으로 누굴 사랑해 보지 않고는
뇌우에 부러진 나무를 말해선 안 된다
그러기에 천 년을 견딘 나무가 그를 관통해 간 유구를
읽게 한다
아니다, 천 년을 견딘 나무가 나에게 시심을 깨워 그를
쓰게 한다

그 구절을 읽는 데도 백 가지 마음이 있었을 터이니
나는 내 비애의 날줄 지나간 북의 횡행으로 읽는다
자고 나도 나무가 그곳에 있다는 거룩한 안도
그것은 성좌의 불멸과도 같은 것

몇 장을 읽으면 봄비 소리, 몇 장을 더 읽으면 천둥과 먹
구름
거기에 어찌 깊은 주름으로 옹이 진 삭풍은 없겠는가

저 횡액들을 모아 푸른 비로드를 만든
나뭇잎의 해안(海岸)을 읽게 하는 연원 모를 힘

한 행

한 행은 한 생애에 해당한다

한 줄에 걸려 밤을 새운 석 달 열흘들

나는 눈물도 생의 보석이라고 쓰고 아무런 주석을 달지
않았다

어떤 행도 내 모세의 혈관을 돌아 나왔다고만 쓰고 싶
었다

우연이 필연과 악수하는 온기가 한 행이라고만 쓰고 싶
었다

풀벌레 울음은 한 우주의 울림이다

한 행이 나의 심금을 울리며 종이에 드는 시간은 무너
앉는 영겁

쓴다는 일의 이 머나먼 행려를 나는 비유로 말할 수 없다

문득 흉중에 든 이 말을 어느 행간에 둘까 고심하며 맡
는 연필 향

구천 평 풀밭에 노는 언어여

부릴 줄 아는 주인에게만 순종하는 야생마인 말이여

내려놓는 곳이 비점(批點)이라면 내 운필이 관주를 얻은

것이지만

　내 닳아지는 신발 끝에서도 꽃들은 향기로 피었다
　내가 만난 여자들은 아름다웠고 남자들은 건강했다
　내가 쓰는 시는 식물성의 말이기를 바랐다
　식탁에 오르는 채식의 말이기를, 데친 쑥갓 잎의 향이기
를 바랐다
　점자처럼 더듬거리며 읽었던 글발들
　내가 더디게 길어 올린 한 두레박 행들, 낭자한 시심들

　과분하게도 나는 가슴이 무명베 같은 사람들의 애인이
었고 선생이었고 아버지였고 가장이었다
　나는 그들 속에서 밥 먹고 잠자고 꿈꾸었다
　끼니마다 푸른 채소와 한 알 비타민의 식사가 있었다
　나는 별 이름을 한 입 물고 잠드는 사막의 아이였다

　물려받은 건 가난뿐이라고 비탄에 젖은 일기를 쓰던 때
도 있었다
　비탄이야말로 생의 교사, 나를 일깨워 준 스승은 그뿐이

었다

　나는 행복의 얼굴을 그릴 수는 없지만 불행의 얼굴은 쉬
이 그릴 수 있다

　낙하해서 풀잎을 깨우는 별빛은 제 심장을 반짝이고

　활자처럼 박힌 지붕들이 잠드는 밤의 도시는 내 발에 인
간의 신발을 신겨 주었다

　끓는 마음을 꾸짖으며 나는 이제

　겨울 수도원의 앞뜰처럼 마음에 차돌 하나 안고

　명멸의 한 줄기를 연필 글씨로 써야 한다

　한 행 피의 응결을 위해, 혈흔 적시는 흰 종이를 위해

　마음의 길 위에 바치는 따순 짚신 한 켤레를 위해

　그러나 마음은 자주 구겨지는 강물

　이 씨앗 파종할 날 백 년 뒤라 할지라도

　나는 오늘 저녁 빛 한 줌으로 씨앗 이불 덮어 주어야 한다

　우리 떠난 땅 위 새잎처럼 다가올 봄의 아들일 이 한 행

　한 줄에 걸려 밤을 새운 삼백예순 닐들

말

언제나 혼이 먼저 울음 울었더랬지요

몸이야 한낱 미진 같아서 누더기의 경야(經夜) 마다하지
않았지요

명정을 예감한 혼이 서릿밤 새워 찬 벌판 헤매며 지푸라
기 속에 숨어든 수은을 찾았지요

헤맴은 온전한 거지, 열흘 주림에도 한 획 추수도 못 얻
었으나

얼음 강을 들이치는 눈발같이 쓰라린 정신의 서백리아
벌판을 채찍으로 내몰았지요

넝마진 세월에도 봄풀처럼 돋는 것 있었더랬지요

누구들은 호사스런 수사를 불러 사랑이라 부르는 양자
인 듯했지만

나는 어느 동공 하나 심지 돋울 호롱불 없어 캄캄히 캄
캄히 깨어나는

명멸의 부싯돌 점등이었지요

그리움은 식물성이어서 한 열흘 보듬으면 모지랑비 되는
듯했습니다

그런 세월 예순 해를 수유라 하기에는 내 든 수저들이
너무 무거웠지요

백만 권 도서관에는 박래의 수사들만 가득해

나는 냉혹의 눈, 돌 맞은 제비처럼 돌려

뒤뜰로 떨어지는 한 해의 치마폭 낙엽에 더 교사했더랬지요

우는 몸이 미워 거랑 아래 팽개치면 어느덧 누더기 영혼이 그와 함께

석고대죄했더랬습니다

칠흑 그믐을 건너오지 않았으면 달이 제 몸빛으로 논밭 팔백 리를 묶겠나요

냉혹은 언제나 스승, 무릎 꿇을 면벽 있음으로 복(福)지다 달래는 심혼이었습니다

어제 한 수레 비극을 보았더랬지요 그의 영혼도 울음이었을까요

쉰 해 전의 이념이 펄펄 끓어 용광로를 이루었더군요

목숨이 저리도 누더기라면 누가 생령 앞에 거룩이라는 말을 바치겠습니까

질긴 경개(梗槪)가 죽비처럼 내 등을 때려 퍼뜩 불 켜 든 말 있었더랬지요

인간의 말 가운데 가장 절실한 말은 욕이라는 것

단말마로 솟구치는 것은 사랑이 아니라 '씨발'이라는 것
그것은 사랑도 증오도 아닌 듯했습니다
내 혼이 흠칫 쏟아질 뻔했습니다
깊고 서늘하고 아름다운 말을 찾던 내 혼이
한 사발 물로 다 엎질러지는 듯했더랬습니다

활자 생애

내 생애는 활자에 중독된 세월이었다

누구든 넘어서고 나면 문맹이 그리워지는 시간도 있다
참혹하여라, 나는 삼천 권의 활자를 읽어 버렸다

서리 까마귀 편편이 북쪽 하늘을 날 때
누군들 울음 남기고 사라지는 기러기 사랑 한번
해 보고 싶지 않은 사람 있으랴
끝내 부둥켜 안고 가야 할 제 생의 눈물 미농 봉지에 담
으며
호롱불 켜 놓고 밤새 편지 쓰다 사과 궤짝 책상에 엎디
어 잠든 밤이 잦았다

글자를 심고 글자를 가꾸던 날의 고통스런 기쁨
기다리라 말한들 구름이 멎겠는가
구름은 활자로는 심기지 않는 잎 넓은 나무
바람의 연원을 찾고 싶어 등성이를 오르면
활자 바깥에 무한이 있음을 선홍 놀이 가르치고

맹목으로도 무한을 만질 수 있는 날이 그리우면
한 번도 행간에 들지 않은 처녀 말을 찾아 헤맸다
그것은 활자로는 옮겨지지 않는 성채

자모(子母)에 길드는 동안 활자는 끝없이 나를 순치했다
활자는 모름지기 나에게 순종을 가르쳤다
도덕이 있었고 윤리가 있었다
위인과 명언과 성구(聖句)가 있었다
그 삼엄한 경계 앞에서 문맹을 그리던 나는
감탄할 시가 있다는 것을 늦어서야 깨달았다
내게 있어 시는 문맹의 길동무였다

슬픔이 문학이 되고 눈물이 시가 되는 줄을 천천히 깨
달았다
　그러나 시는 쉽게 사는 법보다 고통스럽게 사는 법을 가
르쳤다
　허구가 실제보다 아름다움을 그것은 가르쳤다
　거기엔 넘실대는 정념과 탐닉할 사랑도 있었으나

강물이 굽이치다 멎는 곳
누가 눈물을 보태 강물의 수심이 깊어졌겠는가
활자가 가르친 수사들을 끝없이 강물 쪽으로 내어던질 때
내일은 영원한 미지
내일이 걸어와 새벽 빗장을 따 주는 한 나는 좌절하지
않았다

추억은 늘 뒷걸음치고 기다림은 언제나 앞질러 갔다
지금 이 시간도 1분 후면 추억이 되리라
아, 그때 나는 왜 네 가슴에 별을 심지 못했을까

활자의 길은 먼먼 우회로, 그 속에서 길 잃고
길 찾았던 미망의 날들
손금에 강물을 파던 내 고혹의 애인, 증오의 화신, 활자

고요한 명사

사랑이라는 명사, 오래 내 안에 불 켜져 있었다
나는 명사에 현혹되었고 명사에 굴종했다
꽃의 말을 새가 번역해 줄 때
명사로 지는 찔레꽃이 아름다웠다

궁륭의 하늘로 터를 옮기며 이주하는 새 떼
새의 이주를 한 번만이라도 아. 름. 답. 다. 고 점 찍어 말
하는 사람은
진실로 아름다운 사람이다
돌에 숨을 불어넣어 아내로 맞이했다는 먼 나라 신화가
마음을 치는 날은
나도 낫지 않는 병 앓으며 뜨거이 뜨거이 돌 한번 사랑
하고 싶다

아무도 제 생의 끝까지 가 본 사람은 없다
생의 끝까지 가 본 사람은 이 세상을 건너간 사람이다
누구도 영원을 만지지 못했기에 영원은 아름답다
미지는 언제나 우리를 일어서게 하고
또 주저앉히고 술 마시게 한다

더러는 붉게 더러는 노랗게 생을 피워 든 꽃
그 고요한 명사 안에서 잠들 수 있는 것은
제 몸이 향기인 생령들뿐

너무 편안한 길에 서면 절벽이 그리워진다
명사는 너무 고요해 늦었지만 이젠 움직이는 것을 사랑
하고 싶다
누구보다 더 뜨겁게 아파 보는 일도 움직이는 일 아니랴
내가 동사로 너에게 해 주고 싶은 말은 단 하나, 이것

어떻게 피면 들국처럼 고요할 수 있을까

혼자 있는 날은 적막의 페이지를 센다
페이지마다 햇볕에 말린 참깨 알 소리가 난다

여기 수천 번 다녀간 가을이 갈대 화환을 들고
또 고요의 가슴을 딛고 와 커튼을 젖힐 때
새 떼는 우짖고 들국은 까닭 모르고 희어진다

심근경색인 바람이 혼자 불고
냇물은 살을 여미며 흘러간다

조금쯤은 괴로울 줄도 알아야 살아 있는 것이다
끼니마다 내는 수저 소리가 모두 음악일 순 없지 않느냐

고독이여 내 한껏 사랑하고도 남은 사랑이여
흙의 냄새를 깊이 마신 저 꽃은 필수록 고요하다

오래 살았으면 화려한 병력 하나라도 지녀야 한다고
들국 앉은 옆자리에 들국만 한 집 한 채 지어 보는 오늘

길에 살을 다 내어 준 돌멩이가 햇볕에 심줄을 드러내고
있다

하루가 야위고 야위어서 가시가 된 나뭇가지여

묻노니, 어떻게 피면 들국만큼 고요해질 수 있느냐

한 그루의 시

떠돎이 한갓 부랑(浮浪)이라 할지라도
나는 헴 가림 없이 떠돎을 사랑한다
바라보면 아득함이었던 길들은 수평이었던가
슬픔의 포기포기 길렀던 추억은 수직이었던가

내 열두 살 적 눈 맞추었던 소백의 싸리꽃은 다 져 버렸다
내 이름 몰라 그저 댕기새라 불렀던 새들은
하늘 가운데 작은 온기 남기고 사라졌다
죽은 새의 온기로 하늘이 따스하다는
나는 아직도 철부지 같은 믿음을 버리지 않는다

너무 맑아 눈물겨운 유리창 같은 세월아
찢고 난 뒤 다시 맞춰 읽어 보는 숨 가쁘던 날의 연서들아
사랑하던 날들은 음악처럼 날아가 버린다
기쁨은 늘 희망의 반대편
나는 삼십만 번의 수저질로 그걸 깨달았다

스스로 가슴에 들어와 집을 짓는 이름들
그것을 누가 처음 사랑이라 불렀을까

그의 마음속 등불은 몇 촉이었을까

도라지 꽃술 속에 들어 잠자고 싶었던 시간들
차마 등 돌릴 수 없었던 세간들
그 불편의 사랑을 이제금 나는 낭비였다 쓰고 싶지 않으니

밤이면 나 몰래 어둠 속을 지나 예까지 걸어왔을 정념
그 넓은 잎이 펼치고 싶은 꿈을 누가 잎파랑치로 펴겠느냐
이 세상에 없는 말 하날 찾아 헤매는 밤이 깊듯
이 세상에 없는 사람 하나 찾아 헤매던 날의 열의는
병이었던가 사랑이었던가

내 손수 놓았던 무지개다리 사라진 여기
다시금 채색한 마음 불러 색동 시를 쓴다 한들
그것은 내 편애의 생 기록한 부끄러운 노트일 뿐
그것은 내겐 사치스런 이름인 한 그루 시일 뿐

시집들

참 긴 강물이다 면면히도 흘러왔다
무수한 생각의 옷을 갈아입으며 한 사람이 이 길을 걸
어왔다
얼마나 단단히 그러잡았을까 이 고삐를
떨어지면 나락 천 길, 절벽의 단애(斷崖)에서
칠석(七夕)이 와도 만나지 못해 직녀를 불렀을 견우의 말들

저 글자의 알몸이 탄탄하다 열매로 익었다
저 침묵, 페이지를 열면 노래이거나 연서다
아무도 대신할 수 없는 삶을 이끌고
오리무중의 길을 걸어온 글자들이 만삭이다

이젠 낳아야 한다
난산 끝에 귀를 찢는 고고(呱呱)의 울음
세상의 소리 가운데 가장 찬란한 소리
절망의 다정함을 가슴에서 꺼내 보여 주고 싶어 시로 쓴
말들

재빨리 빗줄기를 흡수하고 묵묵히 서 있는 나무들

그 뒤를 부는 바람 소리 같은

조용히 그의 앞에 꿇어앉아 생을 듣는 시간은
지상의 눈비 그치고 그의 발자국 소리만 남는다

한 장의 종이로 덮여 어느 더운 손이
열어 주기를 기다리는 책들
시집을 읽는 일은 남의 고통을 내 것으로 옷 입는 일
남의 즐거움을 조금씩 수저질하는 일
고혹과 전율 몇 올로
읽는 눈을 재빨리 흡수해 버리는 시집들

2부

고독에게

고독의 출생지는 시원(始原)이다
그 독거(獨居)에는 누구의 손에도 닿지 않은
어린 신성이 살고 있다

내 무슨 잎으로 다가가면 너에게 닿을 수 있느냐
움 싹 속잎이 만든 새 이름들아
내가 밤새 씻은 맨발로 너에게 가면
너는 오래 잠가 둔 빗장을 열어 주겠느냐

패랭이꽃만큼 작아지면 되느냐
제비꽃 그림자를 밟은 신발이면 되느냐
그늘 속으로 들어간 나무의 숨소리면 되느냐

고독이라는 말을 쓰다 멈춘 흰 종이들아

고독의 출생지는 비유의 끝이다
내 일생 걸어가도 못 만난 얼굴이다
마침내 나의 신앙이 된 너의 출생지는 시원이다

무엇을 말하려 시를 쓰나

문장은 나를 밟고 지나간 발자국이다
내 사색의 몇 행 적자(嫡子)들이다
어느 젖줄을 물려 너의 몸에 신선한 피를 돌게 할까
낙방 유생이 짚신 초립으로 귀향하듯
나는 무관(無冠) 맨발의 환향을 꿈꾸는 서생이었다
저 바람 어제의 바람 아니듯이
나는 오늘 새로 태어난 말을 맞고 싶다
새 날아간 나뭇가지 오래 흔들리듯
시 다녀간 마음 자락 오래 흔들린다
내 오래 딛고 온 글월의 들판에 오늘 무슨 꽃 이우는가
햇빛 물고 날아간 새의 부리는 빛났던가
물어도 대답 않는 언어로, 숯의 문장으로
나는 무엇을 말하려 시를 쓰나
동서고금, 그 많은 글발들이 남기고 간 행간에서
금욕주의 황제처럼 옥좌가 형극이라 말하면서
누구의 발자국 소리에 귀 기울여 한 행 시를 얻으러
말의 거지가 되어 온 세월
시 위에 군림하는 삶을 끌어내려
삶 위에 온존하는 시를 쓰려 했다

연애를 위한 언어가 아니라

연애에 배반당한 언어로 썼다

환희의 초대가 아니라 고통의 언어로 썼다

눈부신 사전을 진흙에 묻고 어둠에 묻힌 싸라기 말을
주우려

연필의 곡괭이로 언어를 채광했다

감동 없는 시는 위작이라고 나는 심혼에 압정을 박았다

고통이 보석이 되지 않는 말에 나는 시의 옷을 입힐 수
없다

꺼져 가는 삶에 불붙일 언어는 어디에 잠자는가

나는 구중(九重) 광부의 정(釘)을 빌려 단 한 줄의 시를
쓰고 싶다

마침내 언어가 죽으면 문장을 닫을지라도

비애의 태생

슬픔은 누가 떨어뜨리고 간 노트 한 장이다
펼치면 비애 한 권이 읽힌다
슬픔이 제 얼굴을 몰라 서성이는 페이지마다
누군가 딛고 간 시간이 담겨 있다
비애가 오는 거리는 지구의 끝처럼 미지여서
나의 몸속 깊은 오지에 비애를 심어 놓고 떠난 사람 있다
수척한 나무의 팔처럼
내 팔이 그의 여린 가슴을 안는다
슬픔의 태생지는 어디일까
하루에 한 번 햇빛을 배웅한 나무여
새들에게는 울음이라는 기별이 있다
내가 신고 온 시간의 신발들이 무덤으로 쌓인다
겨울의 발자국 소리를 듣는 나무 곁에서
나는 마음을 맡겨 오랫동안 비애의 종류를 생각했다
슬픔이 송진 냄새를 낸다
나는 비로소 비애를 사랑하기 시작했다

슬픔이라는 흰 종이

맑은 것은 슬프다
슬픔은 숨겨 둔 눈부심 같아서
찬란을 색칠하려 해도 색깔이 묻지 않는다
이슬은 깨어질지언정 더러워지지 않는다
누구의 발자국도 찍힌 적 없는
깨끗하고 흰 종이인 슬픔
내 오래 사숙해 온 스승이여
너에 엎드려 구걸한 내 미분(微分)의 시간은 아직 어리다
동풍으로 다가와 삭풍이 되는
파리하고 차가운 손
때로는 상한 사과 냄새를 풍기고
때로는 줄 끊어진 악기 소리를 내는 너는
이름할 수 없는 애인
어떤 글자로도 쓸 수 없는
무문(無文)의 흰 글씨
내 오늘 다시 너를 맞아 이 글을 베끼노니
애절 비탄 비애보다 깨끗한 몸이여
슬픔이라는 창백한 종이여
너 아니면 내 무엇으로 삶의 깊이를 재느냐

시인이 되어 암소를 타고[*]

나무가 제 안에 숨겨 놓은 나이테처럼
어제가 순금으로 쌓이고

아직도 그곳을 세상 전부로 아는 잠자리 떼가
보푸라기처럼 날고

세상 바깥은 알려고도 않는 송사리 떼가
개울물을 거슬러 오르고

날 선 억새가 조선낫으로 햇빛을 써는 곳

암소를 타고 가면 보일까

나이 어린 학교의 채송화 잎사귀 같았던 책들
유리창에 손 벤 저녁놀

순한 메밀단 곁에 이슬 머금은
저녁 잎새들이 숨바꼭질하는

그때는 왜 새의 날개가 모두
따뜻하게만 보였을까

꽃잎은 서로를 껴안으며 낮은 곳에 쌓이고
아직 더 기다릴 것이 남은 나비
그래서 아무 데도 못 가는 나비

나무에서도 도랑에서도
소똥 냄새가 나는 곳으로

시인이 되어 암소를 타고

---

* 김춘수 시인의 수상록 제목인 '시인이 되어 나귀를 타고'를 변형.

허무의 서방이 되어

내 시행은 너무 오래되었다
새 옷을 입고 싶으냐 물어도 그것은 침묵한다
허무여, 가장 완전한 공백이여
너에게 가기 위해 나는
몇 벌 생의 옷을 벗어던졌다
나는 시와 산문으로 짠 고치 속에
누에처럼 잠들고 잠 깼다
어미 닭이 병아리를 키우듯 시는 낳아 키우는 것이라고
낳아서 사생아를 만들어서는 안 된다고
희고 가벼운 고치의 집 속에 앉아
생애의 피륙을 짰다

나와 눈 맞춘 시간의 의자에 앉아 잊어버린 시를 생각
할 때면
맨발로 걸어온 책 속의 길들이 지나간다
두이노의 고성이 바닷가의 무덤이 황무지가 지나간다
향수가 진달래꽃이 서시가 지나간다
허무다, 저 허무를 딛고 나는 서편제의 경개(梗槪)처럼 걸
어왔다

그믐밤엔 심지를 돋우고 창을 닫고 커튼을 내리고
허무를 각시로 맞아들였다
나는 오래 그의 서방이 되어 그의 맨몸과
그의 팬티 속 속살을 만졌다
내 가진 따뜻한 언어로 그들에게 사랑한다고 속삭였다
나는 그들을 잉태시키고 싶었다
일부다처라도 좋았다 나는 다산의 아버지가 되고 싶었다
나는 시의 고지 앞에 분만을 기다리는 추운 신랑이 되
고 싶었다

삶을 시 위에 얹고 살아온 나날
그러나 이제는 시가 삶 위에 얹혔다
내가 봉헌할 문자를 찾지 못해 방황하는 날
허무의 서방이 되어 절뚝이며 걸어가는 날

잊을 수 없는 애인

그와 하룻밤을 잔 뒤 나는 그와 만리성을 쌓았다

숱한 유행가들이 그렇게 말했으니 나는 헤픈 유행가 신봉자가 되었다

그가 오면 나는 촛불을 밝히고 창을 두드리는 나뭇잎 소리를 들으며

이 세상에 없는 먼 나라를 꿈꾸었다

그의 눈 속에 호수를 파고 나는 하얀 돛단배를 띄웠고

무지개 동산에 올라 그와 함께 동요를 불렀다

그의 목소리는 오보에처럼 내 가슴을 적셨다

그가 내 영혼에 불을 놓는 동안 나는 그의 손에 들린 타오르는 촛불이었다

오래 내 귀는 기쁨의 새소리를 들었지만

그는 얼굴이 아니고 숨이었다

몸이 아니고 영혼이었다

촉수가 아니고 느낌이었다

나는 골백번 그와 변치 않을 맹약을 하고

퇴색되지 않을 글씨로 서약을 했다

해후보다 별리가 아름다워 나는 그와 작별의 긴 시간을 보내면서

가끔은 이슬비처럼 가끔은 소낙비처럼

그의 영혼이 보내온 말씀을 백지 위에 받아썼다

그와 하룻밤을 잔 뒤 어언 사십 년

예고 없이 왔다가 약속 없이 떠나는 그의 뒷모습을 바라

보는 동안

나의 안 깊은 곳에는 수정의 말들이 쌓였다

내가 질타하고 내가 상찬해도 끝내 나를 무너뜨리지 않는

길을 걸을 때도 잠을 잘 때도 혼자 식은 점심을 먹을 때도

문득 발자국 소리를 내며 다가서는 애인

숙명의 반려, 시, 눈물 고인,

누가 나에게 쓸쓸을 선물해 다오

온종일 이름 모를 꽃을 심고
꽃삽을 씻어 볕살 아래 놓아두고
죽은 샐비어 꽃받침을 모질게 끊어 내고
버려진 베고니아 화분을 돌 위에 얹어 놓고
어둠이 안심하고 내 곁으로 다가오도록 어둠의 허파 속
으로
대문을 풍금처럼 열어 놓고

오지 않은 내일의 아름다움을 혹은 가 버린 어제와의
별리를
피는 꽃보다 지는 꽃나무의 남은 시간을 헴가림하며
내 몸도 혹 새소리처럼 가벼울 수 있을까 궁리하지만

옛날 사랑했던 이름들이 뭐였더라?
지금도 그 이름들을 사랑하는가, 스스로에게 물어보고

한때는 별, 한때는 나무, 한때는 냇물과 바람을 사랑했다
어느 때는 돈, 어느 때는 명예, 어느 때는 여자
그러고는 최후의 애인일 시를 사랑했다

그 말 써 놓고 잠들면 편안했던 이름들이 있었다
잎새 위에 떨어지는 새똥
한 나무가 다른 나무에게 기대는 삶의 푸름
앞바람이 뒤바람을 안고 가는 살가움

고독을 빌려 올 수 있는가
살면서 단 한 벌뿐일 고독, 애걸해도 돌아보지 않는 길
의 고독
돌아선 애인처럼 쌀쌀해지는 고독
점점 차가워지는 물, 점점 단단해지는 돌, 점점 굳어지는
나무

누가 나에게 리본도 없는 쓸쓸함 한 상자를 선물해 다오
나도 그 힘으로 결코 보석일 수 없는 내일을 만나러 갈
것이니
부탁해, 나 혼자 가질 수 있는 이슬비의 맑음을 뺏어 가
지 마

부탁해, 나 혼자 가질 수 있는 저 잎 지는 쓸쓸을 뺏어
가지 마

풀잎

풀잎은 파아란 이름을 가졌어요, 그러기에 가장 작은 소리로 저를 불러도

열 장 스무 장의 잎들이 파아란 얼굴을 들잖아요

풀잎은 참 아름다운 마음을 가졌어요 그러기에 살짝 다녀간 이슬비에도

열 장 스무 장의 마른 옷을 한꺼번에 갈아입잖아요

풀잎은 참 깨끗한 몸을 가졌어요 그러기에 맨발로 발꿈치를 들고 제 곁을 지나가면

괜찮아 괜찮아 해맑은 목소리로 우리를 달래잖아요

온종일 혼자서 들판에 푸른 붓질하는 풀잎

들어 보세요 맑은 날 풀밭을 지나가면 깔깔깔 풀잎의 웃음소리 들리잖아요

어쩌다 구름송이에 밟히기라도 하면 안 울려고 애쓰는 아이같이

푸른 눈물 뚝뚝 머금고 제 아픔 돌멩이 아래로 살짝 숨겨 놓잖아요

풀잎은 제 이름이 풀잎인 줄 아나 봐요 그러기에 저렇게 냇물에 떠가면서도

제 작은 풀빛으로 금모래 은물결까지 파랗게 물들이잖아요

근심과 더불어 한생을 살아왔다

한 근심이 시간을 받들 때
단 한 줄의 글발로 세상에 이정표를 세우려는 사람 있다
그가 지나온 길이 곰삭을 수 없는 누천리라 해도
길은 길만으로는 부식하지 않는다
자연에 미만한 것들을 무단 복제한 글월로
시간을 옷 입히며 걸어온 백색의 시간
내 시에 대한 참회는 이것이다
근심은 언제나 진공이어서
누구도 부피와 무게를 잴 수 없다
표절조차 아름다움이라면 보라색 연필은 가을의 연금술사
어떤 세필(細筆)이 그들의 떨기 하나 빼놓지 않고 복사할
수 있나
흙에 익숙하지 않은 저 나뭇잎은 땅에 내리면서
무슨 생각을 할까
꽃을 떠나보내는 나무의 표정은 얼마나 참담할까
닿을 수 없는 아름다움이 더 절실함일 때
다만 내 가진 쉬운 말 하나 빌려 근심이라 쓰노니
기다려라
나는 가을의 촉수를 빌려
근심이 지나는 발 아래 슬픔의 한 필 주단을 펴리니

불멸
— 숲에 들 때

오늘 몇 리를 걸었느냐 물으면 나무가 무어라 대답하겠
어요

아무리 몸을 합쳐도 도시를 이룰 수 없는 나무들이 푸
름을 합쳐 숲을 이루는 것을 보십시오

나는 올해 나무가 작년 나무보다 훨씬 젖이 커진 것을
분명히 봅니다

이게 불멸 아니고 무엇이겠습니까

밤 오기 전에 꽃 아기들을 재워 놓고 별과 함께 즐거운
식사를 해야 한다고 말하는 나무들이 보입니까

안 보인다면 당신, 몸속 위나 창자를 말끔히 헹구고 오
십시오

그러면 키 큰 빌딩들이 새를 부르지 못하는데 그 아래
선 나무들이 새를 불러 모으는 이유를 알 것입니다

그러면 저 푸름 다 마신 해가 건들건들 취해서 돌아가
는 이유를 알 것입니다

사람들이 남향을 그리워할 때 나무들이 서향을 불러내
는 이유를 알 것입니다

여기 와서 숲 아닌 것을 무슨 이름으로 부르겠습니까

그러니 당신, 숲에 들어올 땐

손발을 깨끗이 씻고 정적 한 접시를 들고 들어와야 합니다

정적의 쟁반엔 때로 무한이 새싹으로 돋아나기도 하니

까요

새똥 마르는 돌 위에 앉아

미농 새 잎들이 어언 과육을 매다는 저 경이를

내 가난한 언어로는 다 이를 수 없어

새똥 말라 가는 돌멩이에 앉아

수유가 천 년임을 짐짓 한해살이풀 이름 불러 깨친다

열매들은 나무가 닿아 본 기억의 곳간이다

기도하지 않으면 나무가 일생을 서서 잠들겠는가

익은 열매에는 바람이 어루만진 지문이 남아 있다

나무가 써 놓은 여름의 일기 쪽지들을 무문자로 읽으며

함께 걸어와 가을에 당도한 슬기의 물빛을 보는 것은 아

름답다

아직도 땅의 일이 궁금한 나무들은 땅 쪽으로 허리를

숙이고

나는 될 수만 있으면 나무 쪽으로 몸을 꼿꼿이 세운다

나는 올 한 해 나무에게서 배운 말을 골라 시 쓴다

당신이 읽는 이 시는 나무에게서 배운 언어다

새똥이라고 부르는데 왜 내가 상쾌해지는지

내가 이 말을 쓰는 동안

새똥 마르는 돌이 왜 따뜻해지는지

대답하려고 나는 아직 새똥 마르는 돌 위에 앉아 있다

가을 어록

백 리 밖의 원경이 걸어와 근경이 되는
가을은 색깔을 사랑해야 할 때이다
이 풍경을 기록하느라 바람은 서사를 짜고
사람은 그 서사를 무문자로 읽는다
열매들은 햇살이 남긴 지상의 기록이다
작은 씨앗 하나에 든 가을 문장을 읽다가
일생을 보낸 사람도 있다
낙과들도 한 번은 지상을 물들였기에
과일을 따는 손들은 가을의 체온을 느낀다
예감에 젖은 사람들이 햇살의 방명록에 서명을 마치면
익은 것들의 육체가 고요하고 견고해진다
결실은 열매들에겐 백 년 전의 의상을 꺼내 입는 일
그런 때 씨앗의 무언은
겨울을 함께 지낼 이름을 부르고 있는 것이다
내 시는 씨앗의 침묵을 기록하는 일
바람이 못다 그린 그림을
없는 물감으로 채색하는 일

나는 각북에 산답니다

각북, 하면 여러분은 낯설겠지요 나는 각북에 산답니다 거기가 어디냐고 물으면 지구의 끝이라고 말할게요 아니면 별똥별이 새끼 별똥별을 데리고 놀다 가는 곳이라 하겠습니다

나는 각북에 산답니다 나보다 백오십 살은 더 나이 먹은 상수리나무들이 수런거려 이곳 사람들은 그저 꿀밤나무 숲이라 부르지요 암소가 지나가면 흔들리는 다리 하나 조선 시대 디딜방아처럼 구부정히 걸려 있고 배밭 뒤로는 이 산골에서 가장 아름다운 풍경(風磬) 소리를 실어 보내는 절도 한 채 있습니다

적막이 싫다구요 저 나지막한 적막이 문고리를 잡아당기지 않으면 세상의 딸들은 태어나지 않을 것입니다 오로지 고요 오로지 정밀의 치마 끄는 소리를 불러 짐승들이 제 새끼를 키우는 곳이기도 하지요

내가 꾸짖지 않았는데 저 새는 왜 살(矢)이 되어 날아갈까요 아마도 둥지의 일이 궁금한 것입니다 나무와 나무 사

이를 다치지 않고 날아가는 새가 참도 신기합니다 젊은 나무들은 열매를 키우느라 나를 내려다보지도 않습니다

내 하루의 근심은 저 외로 선 수숫대의 허리가 바람에 꺾일까 하는 것입니다 젊은 나비들은 서둘러 메밀꽃밭을 다녀간 모양입니다 소리도 없는데 나는 들국의 웃음소릴 들었다고 씁니다 저 많은 얼굴들은 누굴 위해 노랑 저고리를 갈아입는지요

또 정적 하나가 재빨리 움막을 펼치네요 염소가 들 가운데서 새끼를 낳았나 봅니다

이곳에서 아직 누구의 시에도 쓰이지 않은 시 한 구절 만나고 싶습니다 설령 누가 쓰고 간 말이라도 두어 겹 생각의 은박을 입히겠습니다 사립문 열면 처음 태어난 바람이 학교서 돌아오는 1학년같이 조그맣게 들어옵니다 후두둑 상수리 열매가 오후의 흰 종이를 찢습니다 나는 각북에 산답니다 여러분은 각북에 오지 마십시오 돌아가는 길 행여 잃을까 저어됩니다

시

시는 손에 닿지 않는 고공의 나무에서 탄생한 열매

따 내릴 수도 다시 매달 수도 없는 고매한 정신

내가 울지 않아도 네가 우는 파도

네가 던져 내가 멍드는 돌팔매

살같이 날아와 뼈가 되는 말의 가시

향방 없는 헤매임 돌이킬 수 없는 해후

일생에 단 한 번뿐인 영혼의 고백록

언어를 버렸을 때 태어나는 언어

한 번 쓰면 다시 쓸 수 없는 극광의 아침 글자

이슬은 산소다

이슬은 온몸이 눈이다
그러기에 몸 전체로 생을 응시한다
그의 영롱함은 그의 고통스런 매달림을 응축한 것
긴긴 우회로를 지나 그가 닿은 곳은 풀잎, 그러나
풀잎과 결별할 때도 그는 낙하하지 않고 증발한다
그의 영혼 안쪽에 숨겨 둔 부서지기 쉬운 육체를
이슬, 이라고 발음하는 사이 그는 어느새 기화한다
이슬은 물방울이 아니다, 이슬은 산소다
저녁이 발송한 야경, 한 덩이의 수정
공기를 밟고 하루를 건너가는 저 표정에서
나는 우주를 꿈꾸는 사색의 얼굴을 본다
결코 움켜쥘 수 없는 빛남, 둥근 직립
그의 몸속으로 기체의 음역들이 지나간다
풀잎을 떠나는 그의 목청은 소프라노다

사랑의 기억

시집 한 권 살 돈이 없어 온종일 헌책방 돌 때 있었네
남문 시장 고서점, 시청 옆 헌책방 돌 때 있었네
하루에 서른 편 키 큰 서가 아래 지팡이처럼 서서 읽을
때 있었네
모두들 서럽고 쓸쓸한 말로 시의 베를 짜고 있었네
귀에는 벌 떼 잉잉거리고 눈시울엔 안개비 촉촉이 서렸
었네
어쩌다 맘에 드는 시 한 편 만나면 발길 돌리지 못하고
꽃술의 꿀벌처럼 뱅뱅거리다가
주인 눈살 피해 서너 번 문을 여닫을 때 있었네
더러는 노트 조각 찢어 열 줄 시를 베꼈네
주인 몰래 책장을 찢고도 싶었으나, 이게 시인데 시는
아름다운 것인데, 나를 달래며
내일 또 오지, 모레 또 오지
문을 밀고 나올 때 있었네
그때마다 엷은 등에는 시구들이 고딕으로 찍혔었네
시집 이름 기억 안 나도 머릿속에 베껴 논 시구 선명해
내일 또 와 베낄 거라고
문을 밀고 나오는 발등에 뜨거운 것이 툭 ── 하고 떨어졌네

머리카락 위로 낙엽이 시가 되어 내려앉았네
사랑이 깊었던 날들이었네
지금도 너 어디 있느냐 묻고 싶은 날들이었네
달려가 와락 끌어안고 싶은 날들이었네

가장 위대한 시간, 오늘

아침이 제 손수레에 어제의 헌 옷을 담을 때
평화주의자인 나무들의 머리카락 위로 오늘이 온다
희망이라는 말에도 집들은 펄럭이지 않고
푸른 나무들의 잎이 손 흔든다
사랑하라 말할 때의 둥근 입술처럼
하루의 손이 큰 수레에 오늘을 싣고 온다
그 나무들의 평민국으로 소풍 가는 사람들의
발자국 소리 들린다
이 시간엔 지구의 어느 곳에서
평등의 연필들이 시를 쓴다
가장 위대한 일은 없는 것에 이름을 붙여 주는 일
연필은 쓴다
새봄에는 나무들이 더 신록답다고
저것이 가장 아름다운 사람의 모습이라고,
봄이 마련한 방에서 오늘은 신생아가 태어난다
초록 숨 쉬는 내일의 아이가

자두역에서 안부를

마음이 채찍질해 서둘러 자두역에 도착했습니다
자두꽃은 아직 피지 않았고 사람들만 낭하에 서성입니다
서리역 거쳐 함박눈역을 지나오느라 조금씩은 초췌하지만
자두역에서는 모두 손으로 햇빛 차양을 하고
먼 곳으로 이마를 빛냅니다
가슴마다 기다림이 꽃피기 때문이겠지요
자두역에서는 아무도 가방을 내려놓지 않는군요
아마도 자두꽃 치마저고리 한 벌 사 쉬이 떠날 요량입니다
역장이 레일 바깥에서 긴 호루라기를 붑니다
함박눈역에서 자두꽃 기차가 출발했다고
조금 있으면 칸칸마다 안부를 실은
자두꽃 기차가 들어온다고
간이역 지붕을 밟으며
무너지게 무너지게 자두꽃 안부가 들어오고 있다고

나의 국어책은 들판이었다

명아주 이름을 부르는 동안 명주를 떠올렸다

계절은 내 공책에 빽빽이 푸른 이름을 써 놓고 갔다
한 자로 된 풀과 두 자로 불리는 나무와 세 자로 읽히는
꽃들

들판에는 형용사와 부사와 명사가 있었다
남과 보라와 주홍이 있었다
그것들이 내 국어책이었고 작문 공책이었다

겨울에도 파란 마늘잎 미나리잎을 보며
저것이 내 국어책이라고 생각했다

나무와 풀들이 스승이라고 한 사람은 나보다
이 세상을 먼저 다녀간 농부들이다
내 시는 다만 그들이 못한 말을 대신하고 있을 뿐이다

들판에는 손으로 쓸어 모으면 부뚜막에 그득할 것이 너
무 많다

마당에 갖다 놓으면 강아지 집마저 밀어낼 꽃말이 너무 많다

지금도, 내 국어책은 풀 이름으로 가득 찬 들판이다

3부

저녁이 다녀갔다

　내 다 안다, 사람들이 돌아오는 동네마다 저녁이 다녀갔음을, 나이 백 살 되는 논길에 천 살의 저녁이 다녀갔음을, 오소리 너구리 털을 만지며 발자국 소리도 없는 저녁이 다녀갔음을

　찔레꽃 필 때 다녀가고 도라지꽃 필 때 다녀간 저녁이 싸리꽃 필 때도 다녀가고 오동꽃 필 때도 다녀갔음을, 옛날에는 첫 치마 팔락이던 소녀 저녁이 이제는 할마시가 되어 다녀갔음을

　내 다 안다, 뻐꾸기 자주 울어 맘 없는 저도 울며 상추잎에 보리밥 싸 먹고 맨드라미 밟고 온 저녁이 대 빗자루로 쓴 마당에 손님처럼 과객(過客)처럼 다녀갔음을, 풀꽃의 신발마다 이슬 한 잔 부어 놓고 다녀갔음을, 내일 다시 태어날 사람을 위해 들판 가득 달빛을 부어 놓고 다녀갔음을

발자국

새로 받아온 국어책을 읽다가 밭둑에 나가 염소의 뿔을 만지면 따뜻했다 어미 닭이 오기 전 뒤란으로 들어가 금방 낳은 달걀을 만지면 포근했다 담 밑 송아지 울음은 탱글탱글하고 울 밖 염소 울음은 동글동글했다 삽과 괭이와 쇠스랑이 놓인 마당은 나와 강아지만으로도 너무 많은 듯했다

젖 불은 암소가 송아지를 부르는, 삭은 용마루 추녀 낮은 이엉 집에서, 두 살 때, 맨발로, 걸음마를 배웠다, 발자국이 그 땅에 시를 썼다, 내 생애 최고의 걸작이었다, 한 줄도 읽을 수 없었다, 아, 나는 어느새 미래까지 와 버렸다

약속은 초록

약속이야 늘 초록이지요 비둘기 동네에 가고 싶습니다
비둘기 동네에 갈 때는 잿빛 옷을 입겠습니다 약속을 잘
어기는 고양이도 데려가야지요 봄에는 풀꽃 반지 만드는
법을 배워야 합니다 나비가 시샘하기 전에 꽃술 몇 장 따
갈피에 꽂는 것도 잊지 않겠습니다
　지금 내가 할 수 있는 일은
　강아지풀에 내리는 햇살 소릴 듣는 일 산새 알이 소록
소록 잠드는 소릴 듣는 일 병아리가 캬득캬득 새싹 뜯어먹
는 소릴 듣는 일 씨앗들을 좀 더 오래 자게 놔두는 일

　지금 내가 할 수 있는 일은
　고요의 옷감을 끊어 석류나무에 옷 한 벌 해 입히는 일

　아, 이러다가 내 생이 무너지겠네

목련 서가

　제 몸 안의 미로를 다 거친 물들이 꼭대기에 닿으면 꽃
이 된다

　그 가지 아래가 절벽이어서 몸을 가지에 꼭 붙이고 있는
목련

　바람이 없었다면 꽃은 지워지지 않고 가지에서 마른 채
영생했을 것이다

　흰나비를 따라갔을까 아무래도 태고까지는 가지 못할
무정향의 비상

　봄볕은 끝없이 바스락거린다

　꽃이 스스로 꽃이라고 말하지 않는 것처럼

　아름다움은 스스로 아름다움이라고 말하지 않는다

　그러니 새가 말한 것을 애써 번역해서는 안 된다

　새소리는 우리가 번역한 내용보다 훨씬 많은 내용을 담
고 있다

　목련 구름에 닿고 싶어 하는 목련꽃에게

　져 내림이 구름인데 지상의 무엇이 그리워서 나느냐고

　묻는 나젠은 발익 행방이 묘연하다

　빈집에 혼자 앉아 목련의 한살이를 생각하는 시간엔

　꽃잎은 쉽사리 함박눈이 된다

외로운 사람은 자주 햇빛 질환에 걸린다

그럴 땐 오래 아플 수 있는 사람이 행복한 사람이다

나는 햇빛 목도리를 두르고 푸름이 걸어오는 곳으로

애면글면 나은 발을 끌고 마중 나간다

꽃을 보내고 난 뒤의 나무의 표정에 대해서

낙화 다음에 올 목련의 한 해에 대해서 나는 한마디도 쓸
수 없다

제 몸의 잎도 만지지 못하고 너무 일찍 청춘을 버리는
목련

내 조그만 시집 한 권 그 위에 꽂아 놓고 싶은 목련 서가

슬픔이 마르듯이 저 꽃잎도 천천히 말라 갈 것이다

별 농사가 풍작이다

별 농사가 풍작이다
별 농사를 잘 지으려면
창문을 맑게 닦아야 한다

열 가마 스무 가마로 쏟아지는 별 아래선
밤에도 창문을 닫지 못한다

별 농사가 풍작인 밤엔
식탁의 접시마다 별을 주워 담는다
접시 가득 별을 담아 두는 것은 별 농사에서 가장 중요
한 일

보시기에 열무김치를 담듯 쟁반에 두릅 무침을 담듯
삼태성을, 북두칠성을 담으면 된다

저녁 밥상은 별이 차려 놓은 밥상이다
일등성이 보내온 별빛이 그 사람의 시타 농사법이다

오늘 밤에도 별 농사를 짓는다

별이 쌀밥처럼 잦히면
알약을 삼키듯 한입 가득 별을 삼킨다

별 농사는 때로 1만 6천 광년이 걸리기도 한다
그것은 인간이 땅 농사를 시작한 것과 맞먹는다
그 사람의 별 농사는 식탁 농사다

덕촌리*

암탉 여덟 마리를 키우리라

조바심 많은 비둘기도 함께 키우리라

그 아래 자주 쪼고 통통 뛰는 참새도 기르리라

잊지 않고 6월엔 흰콩과 검정콩을 심으리라

염소 똥을 받아 콩 아래 뿌리리라

볏 붉은 장닭이 울면 강냉이가 익으리라

도토리 물고 도망가는 다람쥐에게 휘파람도 불어 주리라

오래 동풍을 불러 잠들고 잠 깨리라

가지 오이 따 먹으며 아무도 기다리지 않으리라

* 청도군 각북면 덕촌리.

조그맣게

잎새들에게 옷 한 벌 빌려 입고
잎새처럼 함초롬히 사는 일

박꽃이 질까 봐 흰 종이로
고깔 한 겹 씌워 주는 일

달빛 한 되 함지박에 받아 놓고
서 말 쌀 꿔 온 날처럼 넉넉해지는 일

댕기새 돌 던져 울려 놓고 장고 소리라 우기며
혼자 하루를 노닥이는 일

햇빛으로 움막 짓고 온종일 나물 냄새 새똥 냄새 맡으며
저자에도 대처에도 나가지 않는 일

구름이 보낸 편지가 있나 없나
손가락으로 우체통을 열었다 닫는 일

이불

누군가는 떨어지는 꽃잎에도
가슴을 다쳤다고 하지만

투명하고 아름다운 죄가 있다면
나도 풋순 같은 죄를 지어 보고 싶다

사람이 죽는 날까지 사랑해야 할 것이 무엇인가를 가르
친 사람이 내겐 없어
무명베 같은 마음 씻어 놓고 섬돌 아래 분꽃을 심는다

나는 죄지은 사람을 만나진 못했지만
죄지은 사람의 등도 따뜻할 것이라고 믿는다

그대가 이른 길이, 일생이 무죄여서
그대에게도 통증이 있는지 궁금하다

그대를 사용하는 나는
무통보다 통증이 반가워서

묻는다
이불이여
천부적인 더움이여

나는 언제 그대처럼 가장 낮은 곳에 반듯이 누워
주저 없이 추운 몸을 받을 수 있느냐

시인들

파트리스 드 라 투르 뒤펭이라고 발음하는 오전의 아기자기여

라이너 마리아 릴케라고 발음하는 오후의 따끈따끈함이여

라빈드라나드 타고르라고 외워 보는 저녁때의 어둑어둑함이여, 짚방석의 푹신푹신함이여

윤동주라고 뇌어 보는 아침의 풋풋함이여, 아직 글썽임이 남아 있는 이슬방울이여

김소월이라고 불러 보는 자정의 허전함이여, 몇 번 울고 잠드는 섭섭새의 노래여

가을에 얇아진 것들

내 떠날 때 당신처럼 마른 잎 몇 장 가져가도 되겠나요
큰 산에 절하고 도랑물 한 움큼 공으로 마셔도 되겠나요
소란하던 냇물이 명작을 읽은 아이처럼 조용해졌네요 바
람의 스란치마가 미니 원피스처럼 짧아졌군요 나무의 어깨
가 숙제를 마친 학동처럼 홀가분해지고 국어책이 얇아지고
시집이 말수를 줄였네요 나보다 세상을 먼저 안 벌레들이
고치 속으로 들어갔네요 그들이 부르던 노래를 누가 연필
글씨로 받아 적고 있네요 그 말이 시가 되어 다친 사람의
가슴을 어루만져 주네요

인생에게

　너 지금 어디 있느냐

　나는 너를 위해 예순 해를 아침밥 짓고 저물어 돌아와 찬방을 데웠다

　네 얼굴이 흐린 날은 너를 위해 서툰 음악을 뜯고 네가 투정 부리면 쇠뜨기에 손 베며 들꽃을 꺾어 네 옷섶에 꽂았다

　네가 역정 난 날이면 나는 온종일 몸종같이 마루를 닦고 하루살이 날아오는 저녁이면 전등갓을 닦아 어둠을 밝혔다

　음악이 모자라면 새 울음 모아 노래의 현을 켰고 네 목이 마르면 이슬을 받아 감로수를 만들었다

　네가 끓는 몸살이면 탕약을 달여 너에게 올리고 네가 신음 소리를 내면 나는 온돌에 더운 이부자리를 폈다

　내 삶은 온통 너를 위한 시종, 발은 닳고 손은 거칠어, 이마에는 주름이 진 지금, 나는 너에게 차마 내 박색 보일 수 없어 돌아앉아 식은 밥 먹고 풀물 같은 눈물 찍어 이 고해록을 쓴다

　네가 즐거운 날은 내 마음에 별이 뜨고 네가 궂은 날은 내 마음에 먹구름이 인다

　천 년을 달려와도 아직 소년인 햇살이 창문을 두드리면

네 미소가 보고 싶어 오늘도 찬물에 손을 씻고 또 푸성귀 몇 장 얹어 밥상을 차린다

네 드는 수저 소리가 내 핏줄의 정맥 소리임을 음악처럼 들으며 소박맞은 신부가 남색 치마를 다림질하듯 하루를 포개어 또 하루를 다린다

내 기꺼이 너를 위해 종이 되리니 어느 풍찬노숙에라도 몸 성하거라, 인생아

심금의 무늬

심금의 선홍 무늬가 연애라 해도
누가 누란의 꽃을 딸 수 있는가
마취의 열락이 나를 끌고 백척간두의 절벽으로 갈 때
몸의 양식을 쪼개 그대의 오지에 독배를 붓는 사람은
누구인가
또 꽃피는 마음에 오늘은 낯선 해후에 닿고 싶어
치사량의 연애를 마신다
닿은 곳이 아름다워 생의 뒤편을 돌아보고
혹사와 회한에 무릎 꿇어 그의 부침(浮沈)을 찬탄하노니
독약의 시간에 깃들이지 않으면 생의 무료가 노도가 되리

또 염열이 흉금에 번져
화염에 맛들인 상처의 조각을 촉수로 헤느니
정염은 나를 끌고 가는 극약의 처방
한 연애가 생을 지필 때
나는 새 신 신은 유년의 발로 신성한 풀숲을 밟고 간다

절벽을 헤매던 날들이여
나는 독약처럼 무성한 시간을 꺾어

한 가지에 피어나는 이종(異種)의 꽃을 맞고 싶다
해금의 아침을 끌고 오는 고혹의 음악처럼
심금의 무늬는 독이(毒栮)로 피어
다시 오는 생을 끊기지 않는
피혁으로 포박하노니

약대를 몰고 가을로

우는 내가 울지 않는 약대를 몰고 가을로 간다
작은 슬픔을 나는 울고 큰 슬픔을 약대는 참는다
가을이면 성경책처럼 경건해지는 내 곁에 가을꽃들은 피어
한 해의 마지막 언어들을 쌀알처럼 쏟아 놓는다
가을꽃들이 차려 놓은 난전 속으로 나는 소멸처럼 작게
걸어간다
내 몰던 약대는 어디 갔느냐, 나 혼자는 이 가을을 견딜
수 없구나
무더기 무더기 탕진이 즐거운 가을꽃들의 청루를 나 혼
자는 그냥 지나갈 수 없구나

어떤 태형으로도 붉어지지 않는 저 홍염들을
운문산이 저 혼자 가질까 봐
오늘은 산기슭 싸리나무 곁에 보름살이 셋방을 든다
셋방마다 걸려 있는 추억의 진열장들
기쁨 한 움큼 슬픔 한 광주리

나는 산길에 놓쳐 버린 소년을 불러와 시를 쓰고 싶었다
경운기에 빼앗긴 송아지 울음을 데려와 시를 쓰고 싶었다

내 열까지 세기도 어려웠던 때의
못물에 띄운 수제비를 헤아려 시를 쓰고 싶었다
아카시아 잎 따며 가위바위보하던 소녀는
세월에 묻혀 이름조차 잊어버렸다

정직하게 살고 싶어서 시를 택했다
눈물겹고 애린 것 많아서 시를 썼다
풀 한 포기 돌멩이 하나도 정겹고 안쓰러워
내가 만든 손수건만 한 시에 그것 이름 담았다

지나온 언덕마다 꽃이 피었더냐고
돌아보아 물을 사람 어디에도 없다
피는 꽃은 계절의 숨소리라고
남몰래 일기장 속에 써 넣던 시절의 은싸라기 눈물

이제 조그만 시인이 되어
약대를 몰고 가는 이 가을
풀잎에 맺힌 이슬의 말을 모아
비둘기 울음 같은 시를 쓰는 황혼 녘

메밀꽃

나비 날개의 부채질이 메밀 씨를 익혔다

맨발로 세상을 건너간 사람이 바라본

마지막 하늘빛이 저랬으리라

누가 메밀꽃을 그리려다 그만 팔레트를 떨어뜨려

온통 흰색 칠갑을 한 메밀밭

메밀꽃처럼 작고 하얀 시를 쓰고 싶어서

호롱불 켜 놓고 마주 앉아 쓰는 시를

메밀꽃만큼 작고 하얀 계집애가 읽어 주면 좋겠다

가을 우체국

외롭지 않으려고 길들은 우체국을 세워 놓았다
누군가가 배달해 놓은 가을이 우체국 앞에 머물 때
사람들은 저마다 수신인이 되어
가을을 받는다
우체통에 쌓이는 가을 엽서
머묾이 아름다운 발목들
은행나무 노란 그늘이 우체국을 물들이고
더운 마음에 굽혀 노랗거나 붉어진 시간들
춥지 않으려고 우체통이 빨간 옷을 입고 있다
우체통마다 나비처럼 떨어지는 엽서들
지상의 가장 더운 어휘들이 살을 맞댄다
가을의 말이 은행잎처럼 쌓이는
가을 엽서에는 주소가 없다

삼백언(三百言)

수밀도의 하얌과 능금의 붉음을 말하기 전에 여름이 갔다

나뭇잎의 땀방울을 닦아 주는 동안 내 손은 나무의 일
부가 되었다

누가 가르쳐 여름은 펄럭이고 가을은 소슬한가

원근을 밟고 가고 싶은 곳이 사람에게는 있고 나무에게
는 없다

그러기에 나무는 태어난 곳에서 일생을 마친다

혹서의 안주처가 궁금해서 그늘 반쪽을 빈다

그 밖의 여름 헌사는 낭비여서

내 가을의 기록은 묘비명처럼 짧다

갑각류의 몸이 더 딱딱해진다

내 손 담근 물은 부드럽고 내 생각은 늘 조급하다

여름이란 열매를 맺는다는 말

한 개 삭과가 익는 동안 내가 이룰 수 있는 것은 너무
적다

내가 마주한 식탁과 수저에서

내 모세의 핏줄이 강불을 닮아 낭자할 때

내 가을의 기록은 삼백언을 넘지 못한다

샐비어 곁에서

혈서가 아니라서 안심한다

짚동에 다가가면 화근(火根)이다

와옥(瓦屋) 한 채사 금방 불태운다

연두에서 분홍으로 분홍에서 또 선홍으로 굽이치다가

그래도 안 되면 잉걸불이다

그런데 왜 그 아래 새똥도 타지 않지?

그렇다, 샐비어

딴 사람이 다 쓴 말은 쓰지 말라고

비 오는 날 너는 내게 말했지

내일은 비 개어 네가 더 뜨겁겠다

2월

2월은 어라연이나 구절리쯤에 놀다가 미루나무 가지가 건드리는 기척에 놀라 횡계 묵호를 거쳐 산청 함양 거창을 지나온 듯합니다

무릎 어딘가에 놋대접을 올려놓고 고방에서 자꾸 방아깨비 여치 날갯소리를 꺼내 담습니다

그냥 놔둬도 저 혼자 놀며 안 아플 햇빛을 억새 지릅으로 톡톡 건드려 보는 2월 아침이 또 마당가에 와 엽서처럼 조그맣게 기다리고 있습니다

나는 예순 해를 산 우리 집 마당이 난생처음 와 본 서양 나라의 제과점 앞뜰마냥 서투르러져 두리번거리며 무언가를 자꾸 살핍니다

나도 이 따에 와서 아이 둘 낳고 볕 좋은 남향집 하날 얻기도 했지만 세상 속으로 아이들은 헤엄쳐 나가고 나 혼자 맞는 아침은 처음 오는 햇살처럼 추웁습니다

새 배 속으로 들어간 씨앗들도 꼼지락거리며 새똥으로 나와 다시 움틀 기세입니다

생육이린 활발하고 무겁고 욱신거리는 모양이어서 침묵 안에서도 그 소리 다 들립니다

이제 밥상으로 돌아가면 음악보다 아름다운 수저 소리

를 들을 수 있을 것입니다

그러니 어찌 혼자라 하겠습니까 사람이 없어도 세상이 왁자지껄합니다 도저히 귀를 막을 수 없는 2월 아침입니다 한 그릇 흰 사발에 금방 지은 따뜻한 밥을 담겠습니다 그리고 올해 처음 여는 문소리로 밖을 나가겠습니다

2월 아침엔 작년 가을 어미나무가 아들 잎새를 기다리던 그 기다림으로 하루를 열 요량입니다

계단

계단이 건반이라면 도시는 음악이 될 것이다

발이 닿을 때마다 음악이 튀어오른다면

아파트와 건물 들은 모두 코러스가 될 것이다

난간의 오르간과 층계의 피아노를 치며

발들은 지나간다

이 도시에는 십만 혹은 백만 개의 계단이 있다

아니 십만 혹은 백만 개의 건반이 있다

계단을 디딜 때마다 실로폰처럼 음악이 날아오른다면

도시는 온몸으로 음악이 될 것이다

아름다운 도시, 잘츠부르크의 황혼처럼

별빛 신발을 신고

저녁 새의 발톱에 별빛이 묻어 있다
나는 저토록 여린 생을 꿈꾸며 걸어왔다
범람이 황홀한 날들을 만나면
내 생을 송두리째 바치고 싶었다
옹이마다 가라앉은 삶의 더께를 재는 저녁엔
이슬 떨어지는 속도로
열광(熱狂)에게 가고 싶었다
다 왔다고 믿었는데 아직
별빛의 저녁 발에는 새 신이 신겨 있다
흔들리면 없어질 기록이 아름다워
가장 간절한 생의 토막은 패다나뭇잎*에 적는다
패랭이꽃에 올려도 무겁지 않을
생애의 세목들을 필통에 담아 놓고
오늘 만진 풀씨의 고요로 하루를 재운다
잎새들이 자꾸 별빛 신발을 벗어 던진다
벗어 놓은 내 신발에 별빛이 가득하다

* 인도에서 종이 대신 사용한다.

어린 벗에게

─길을 따라 아이는 가고 세월 따라 아이는 어른이 된다

아이야, 너의 복사꽃 맨발도 돌 지나면 신발을 신어야
한다
땅은 울퉁불퉁하고 고개는 가파르고 물은 빨리 흐른단다
너는 어느 하나에도 익숙하지 않을 것이니
우선 너의 몸을 발 위에 얹고 꼿꼿이 서서 걷는 법부터
배워야 한다

길에는 웅덩이가 있고 낭떠러지가 있고 자동차가 달리고
신호등이 명멸한다
그것을 익히는 데 너는 많은 시간이 걸릴 것이다
네 앞에 보이는 사물들의 이름, 숟가락 양말 신발 연필
공책 컴퓨터 학교 나무 꽃 창 하늘 바람 새 나비의 이름
익히기에도 너는 혼란스러울 것이다
그것들 이름 다 부르고 나면 너는 어언 소년이 되어 너
의 어깨에는 무거운 책가방이 메어질 것이다

소년이 된 아이야, 가나가 길섶에 핀 복사꽃에 마음 홀
리지 마라
색은 현란한 것, 색을 탐하면 너의 길은 굽이칠 것이니

새가 날아간 하늘을 쳐다보면서 새처럼 날아오르려 해
서는 안 된다

걸어서 가는 길이 너의 발을 아프게 할지라도 걷는 길이
너의 삶이니

그 끝에 스물이 기다리고 서른이 기다릴 것이니

아이야, 또 나는 너에게 이야기하고 싶구나

네가 손바닥에 스무 번은 썼을 희망이라는 말,

그 말을 쓰면서 네 가슴은 무지개처럼 현란했을 것이다

오늘 네가 앉았던 자리에 새 풀이 돋고 어제까지 없던
꽃이 피었음을

또 그 자리에 가을이 조락을 데리고 옴을 알고 눈물 지
울 때가 있을 것이다

아, 너는 진달래꽃을 읽지 않았으면 좋겠구나 너는 Ash
wednesday를 읽지 않았으면 좋겠구나 거대한 뿌리를 읽지
않았으면 좋겠구나 지옥에서 보낸 한 철을 읽지 않았으면
좋겠구나

사이버 스페이스의 어두운 책상에서 네 청년을 허비하지 않았으면 좋겠구나 경마장에 가지 않았으면 좋겠구나 CGV에 가서 하염없는 허상에 빠지지 않았으면 좋겠구나

술의 달콤함 연애의 현훈에 탐닉하지 않았으면 좋겠구나

아이야, 너는 본래 풋순을 닮았으나, 너는 나비처럼 연하고 동풍처럼 부드러웠으나 아랫도리를 가리기 시작하면서부터 세상과 불화할 것이다

얼마나 많은 불운이 너를 휩싸고 돌지 너는 모를 것이다

세상으로 나아가는 길이 형극임을 아무도 너에게 가르치지 않을 것이다 설령 가르친다 해도 너는 추상으로 들을 것이다

모든 달콤함 속에는 독배가 모든 노래 속에는 비애가 모든 향기 속에는 아편이 들어 있음을

알 때쯤에는 너의 이마에는 주름이 늘고 너의 턱에는 드문드문 수염이 자랄 것이다

돈의 유혹 시위의 손짓 이름의 현혹에 너는 몸을 떨 것이다 세상으로 나아가는 길이 그처럼 멀고 험난함을 너는 비로소 알 것이다

사랑스런 송아지가 검은 황소가 되듯 너의 손은 거칠어
지고 너의 발에는 굳은살이 박힐 것이다
　불러도 사랑은 오지 않고 다가가도 연애는 멀어질 것이다
　책 속에 있던 길은 사라지고 책 밖으로 나온 삶이 거기
에 있음을 알 때
　너는 벌써 중년이 될 것이다
　아이야, 나는 슬픈 어조로 너에게 얘기하고 싶지 않구나
　그것이 생임을 그것이 네가 가꾸어야 할 꿈임을 굽이 많
은 길이 네가 걸어가야 할 길임을
　내 이리도 수다하게 말했구나
　아이야

새해의 바람

음악을 들을 때의 귀로 이웃의 음성을 듣겠습니다
명화를 볼 때의 눈으로 세상을 바라보겠습니다
자주 하진 못했지만 내일 아침에는
길 건너며 아직 한 번도 인사 건네지 않은 사람에게
눈인사 보내겠습니다
잘 다듬어진 공원을 걷는 걸음걸이로 세상을 걷겠습니다
바쁘다는 이유로 나무들 곁을 종종치지 않겠습니다
돌아보면, 남을 사랑한 일보다 미워한 일이 더 많았습니다
그가 디뎠던 발자국을 멀리 피해 걸었던 적이 더 많았습
니다
이젠 앞사람이 남긴 따뜻한 발자국에 내 발자국 한번
포개며 걷겠습니다
그의 가슴을 쓸고 간 새소릴 음표 붙여 베끼겠습니다
그리고 남은 시간 떨고 있는 나무에게 홑이불 덮어 주고
추운 물고기를 위해 내 손의 온기를 나누겠습니다
흐린 유리창을 닦고 맑은 하늘을 걸어 놓는 시간을 늘
리겠습니나
신문을 적게 읽고 명시를 많이 읽겠습니다
계절이 색실을 풀면 전신에 푸른 물 흠뻑 들이겠습니다

흐를 땐 흐르고 넘칠 땐 넘치겠습니다

고의로 나를 제어하지 않겠습니다

내 신발 닿은 대지의 한 부분에 눈 밝은 검정콩을 심겠
습니다

남은 터가 있다면 아기 당근과 어른 무를 심겠습니다

온순한 민들레에게 너무 멀리 가지 말라고 색깔 좋은
양산을 빌려 주겠습니다

고통에게는 아직 한 번도 그렇게 다정해 본 적 없는 말로

안녕 ── 하고 인사를 보내겠습니다

새해에는 아직 누구의 시에도 쓰이지 않은 말 하날 골라

어린 딸의 원피스 같은 시를 쓰겠습니다

각북으로의 초대

이남호(문학평론가 · 고려대 교수)

이기철 시인의 언어는 드물게 맑고 고요하다. 그는 세상의 때가 묻지 않은 언어로 시를 쓰려 한다. 「나는 각북에 산답니다」라는 시에서 시인은 "이곳에서 아직 누구의 시에도 쓰이지 않은 시 한 구절 만나고 싶습니다 설령 누가 쓰고 간 말이라도 두어 겹 생각의 은박을 입히겠습니다"라고 말한다. 그의 순결한 언어들은 세상의 시간이 멈춘 곳으로 우리를 데리고 간다.

나무가 제 안에 숨겨 놓은 나이테처럼

어제가 순금으로 쌓이고

아직도 그곳을 세상 전부로 아는 잠자리 떼가

보푸라기처럼 날고

세상 바깥은 알려고도 않는 송사리 떼가
개울물을 거슬러 오르고

날 선 억새가 조선낫으로 햇빛을 써는 곳
　　　　　　—「시인이 되어 암소를 타고」에서

이 공간은 "시인이 되어 암소를 타고" 찾아가는 곳이며,
시인의 시를 읽다 보면 우리도 함께 가게 되는 곳이다. 이
곳에서는 나무와 잠자리와 송사리와 억새가 주인공이다.
현실 세계와 멀리 떨어진 곳에서 이들은 스스로 평화롭고
아름답다. 나무는 순금의 나이테를 지니고 있고, 잠자리와
송사리는 바깥 세상일에 무심한 채 행복하고, 억새는 햇빛
과 논다. 번잡한 세속 현실로부터 멀리 떨어져 있다. 전원적
이고, 낙원적이며, 동화적인 공간이다. 이 공간은 「나는 각
북에 산답니다」라는 시에 나오는 각북이라는 마을이 되기
도 한다.

각북, 하면 여러분은 낯설겠지요 나는 각북에 산답니다 거
기가 어디냐고 물으면 지구의 끝이라고 말할게요 아니면 별
똥별이 새끼 별똥별을 데리고 놀다 가는 곳이라 하겠습니다

나는 각북에 산답니다 나보다 백오십 살은 더 나이 먹은
상수리나무들이 수런거려 이곳 사람들은 그저 꿀밤나무 숲
이라 부르지요 암소가 지나가면 흔들리는 다리 하나 조선 시
대 디딜방아처럼 구부정히 걸려 있고 배밭 뒤로는 이 산골에
서 가장 아름다운 풍경(風磬) 소리를 실어 보내는 절도 한 채
있습니다

　　　　　　　　　　　　　—「나는 각북에 산답니다」에서

각북은 경상북도 청도군에 있는 지명으로 이기철 시인
의 창작실이 있는 곳이다. 즉 시인에게는 창작의 산실 또는
시의 고향이 되는 곳이다. 그러나 시인의 시 속에서 각북
마을은 현실의 지명이 아니라 시인이 상상해 낸 시적 유토
피아에 더 가깝다. 현실이 아닌 유토피아에 더 가까운 곳
이기에 "지구의 끝"일 것이며, 동화의 세계이기에 "별똥별
이 새끼 별똥별을 데리고 놀다 가는 곳"일 것이다. 그러면
서 그곳은 아득한 유년의 기억 너머에 있는 평화로운 고향
마을의 모습처럼 꿀밤나무 숲과 흔들다리와 풍경 소리가
있는 마을이다. 이러한 각북 마을이 곧 시인이 되고 또 암
소를 타야만 갈 수 있는 이기철 시의 이상향인 것이다. 마
치 이니스프리라는 현실의 지명이 예이츠의 시를 통해서
아름다운 문학적 지명이 되었듯이, 각북이라는 지명도 이
기철의 시를 통해서 아름다운 문학적 지명이 되었다. 시집
『나무, 나의 모국어』를 읽는 일은 아마도 시의 이상향으로

서의 각북 마을에 초대를 받아 그곳을 구경하는 일이 될 것이다. 그곳은 지상에 없는 장소이므로 시인이 되어 암소를 타고서만 갈 수가 있다.

　시인이 되어 암소를 타야만 갈 수 있는 각북의 주인은 사람이 아니라 나무와 풀과 곤충과 새 그리고 바람 같은 자연물들이다. 자연물들은 모두 제 나름으로 평화롭게 존재한다. 그곳은 동심(童心)의 상상력으로 만들어진 마을이라고 할 수 있다. 사실 이기철 시인은 그의 첫 시집 『청산행』에서부터 현실 세계의 시간이 멈춘 자리에서 각북 마을을 꿈꾸고 가꾸어 왔다고 할 수 있다. 『청산행』에서 시인은 나날의 번잡과 피곤의 끝자락에서 어스름의 저 건너편에 있는 청산으로 가서 거기서 휴식의 언어를 구하고자 했다. 그러나 그 청산은 멀리 있는 청산이 아니라 쌀 안치는 소리와 저녁연기와 쥐똥나무의 쓸쓸한 휴식에 가까이 있는 청산이었다. 그 휴식의 언어들은, 현실의 욕됨과 바쁨과 욕망에 의해 심하게 위축되어 있던 자아에게 따뜻하고 슬픈 위안의 손길을 뻗어 주곤 했다.

　그로부터 오랜 시적 여정이 지난 후 시인의 언어는 "아름다움의 출생지"인 각북 마을에 도착했다. 그렇지만 맑고 깨끗함을 추구하고 농심의 상상력으로 움직이는 시인의 언어는 본질적으로 달라진 것이 없다. 시인의 시적 여정은 마치 동심의 상상력이 사방연속무늬로 아름답게 확산되어

나가는 것과 흡사하다. 그것은 반복되는 것처럼 보이지만 그래도 늘 새롭고 아름답다. 다만 『나무, 나의 모국어』에 이르러 현실의 욕됨과 바쁨과 욕망 또는 나날의 번잡과 피곤이라는 배경이 좀 더 멀리 물러나고 사방연속무늬의 아름다움이 한층 전경화되어서 각북 마을의 고요한 아름다움을 보여 준다고 할 수 있다.

시의 이상향으로서 각북 마을의 풍경은 고요와 맑음과 조화와 아름다움 속에 있다. 그곳은 백조가 날아오면 "나무들이 고른 숨을 쉬고 교목들이 아름다이 제 간격을 유지한다."(「백조가 날아왔다」) 그리고 아름다움이 "우아와 정숙의 반찬 그릇"을 비우고 "고요의 식사"를 마치고 나면 "청초와 징결로 쓰인 책"을 읽는 곳이다.(「아름다움의 출생지」) 또 풀잎은 제 이름이 풀잎인 줄 알아서 "냇물에 떠가면서도 제 작은 풀잎으로 금모래 은물결까지 파랗게" 물들인다.(「풀잎」) 그런가 하면 "이슬비의 맑음"과 "저 잎 지는 쓸쓸"을 뺏기지 않고 혼자 가질 수 있는 곳이며,(「누가 나에게 쓸쓸을 선물해 다오」) "들판에는 형용사와 부사와 명사가" 있고 "남과 보라와 주홍이" 있어 "그것들이 내 국어책이었고 작문 공책"이 되는 곳이다.(「나의 국어책은 들판이었다」) 이곳에 사는 사람들은 봄을 기다리고 봄꽃을 맞이하는 태도도 다르다. 그들은 자두꽃을 만나러 서둘러 자두억으로 가서 설레는 마음으로 기다린다.

마음이 채찍질해 서둘러 자두역에 도착했습니다
자두꽃은 아직 피지 않았고 사람들만 낭하에 서성입니다
서리역 거쳐 함박눈역을 지나오느라 조금씩은 초췌하지만
자두역에서는 모두 손으로 햇빛 차양을 하고
먼 곳으로 이마를 빛냅니다
가슴마다 기다림이 꽃피기 때문이겠지요
　　　　　　　—「자두역에서 안부를」에서

　봄은 먼 곳에서 오는 손님처럼 기차를 타고 온다. 자두
꽃이 도착하는 역이 자두역이다. 자두꽃은 서리역과 함박
눈역을 거쳐 자두역에 도착할 것이다. 사람들은 그냥 가만
히 앉아서 자두꽃이 피기를 기다리는 것이 아니라 마음이
채찍질해 서둘러 미리 자두역까지 마중 나가서 기다린다.
자두꽃이 도착하는 자두역이라는 아름다운 역이 있는 곳
이 각북이고 또 그곳 사람들의 겸손하고 아름다운 기다림
의 모습 또한 각북 마을의 것이다.
　이처럼 실제 각북 마을은 이기철 시인에 의해서 지상에
없는 시의 이상향이 된다. 이기철 시인이 지닌 동심의 상
상력과 맑고 고요한 시어가 만들어진 공간이다. 시인은 각
북 마을을 시의 이상향으로 만들기 위해서 "돌이 따뜻해
질 때까지 시를 쓴다". 시인에게 시를 쓰는 일은 각북 마을
을 재창조하는 일이다. 이를 위해 시인은 "꽃씨가 물고 있
는 베낄 수 없는 언어" 같고, "손바닥에 떨어지는 향기 묻

은 새똥" 같은 시로 사람들의 "가슴에 금잔화 새 움 같은 기쁨 하나 싹 틔울 수" 있기를 기원한다. 그래서 각북 마을의 아름다움은 곧 언어의 아름다움이다. 즉 시의 아름다움이다. 시인은 때묻고 불완전한 언어를 씻고 세공하여 지상에 없는 각북 마을의 풍경들을 그려 내는 것이다.

> 글자를 심고 글자를 가꾸던 날의 고통스런 기쁨
> 기다리라 말한들 구름이 멎겠는가
> 구름은 활자로는 심기지 않는 잎 넓은 나무
> 바람의 연원을 찾고 싶어 등성이를 오르면
> 활자 바깥에 무한이 있음을 선홍 놀이 가르치고
>
> ──「활자 생애」에서

언어로는 구름을 멈출 수도 없고 바람의 연원을 찾을 수도 없다. 그래도 시인은 그 언어들을 심고 또 가꾸면서 지상에 없는 시의 고향 마을을 만들어 낸다. 이 시에서 보는바, "구름은 활자로 심기지 않는 잎 넓은 나무"라거나 "활자 바깥에 무한이 있음을 선홍 놀이" 가르쳐 준다는 것은 그 자체로 각북 마을의 아름다움이 된다. 이러한 미학적 잠언을 계속적으로 만날 수 있다는 것이 시집 『나무, 나의 모국어』를 읽는 즐거움이요 각북 마을에 초대받은 보람이다. 그러나 각북 마을에 초대받아 그곳을 구경한다는 것에는 보다 중요한 의미가 있다. 앞서 말한바, 각북 마을은 동심의 상상력이 맑고 고요한 언어를 세공하여 만든 공간이다. 그 공간에 초대받아 들어갈 수 있는 자아는 따로 있다. 나날의 생존경쟁과 물질문명에 시달려 괴물처럼 거칠고 탐욕스러워진 자아는 각북 마을의 문으로 들어갈 수 없다. 각북 마을의 문을 들어서는 순간 우리는 거칠고 탐욕스러운 자아에 가려져 있던 다른 자아를 되찾게 된다. 아이의 순수한 마음과 눈을 가지고 고요 속에서 사물의 본질적 질서와 행복을 응시하는 자아가 되살아나게 되는 것이다. 시인이 자서(自序)에서 말하는 것과 같이, 그 자아는 "나무와 풀과 새와 돌멩이의 말에 귀 기울이는" 자아라고 할 수도 있겠고, "고독과 허무를 반죽하면 곱고 보드라운 기쁨을 만질 수" 있다고 생각하는 자아일 수도 있겠다.

잎새들에게 옷 한 벌 빌려 입고
잎새처럼 함초롬히 사는 일

박꽃이 질까 봐 흰 종이로
고깔 한 겹 씌워 주는 일

달빛 한 되 함지박에 받아 놓고
시 밀 쌀 꿔 온 날처럼 넉넉해지는 일

댕기새 돌 던져 울려 놓고 장고 소리라 우기며

혼자 하루를 노닥이는 일

햇빛으로 움막 짓고 온종일 나물 냄새 새똥 냄새 맡으며
저자에도 대처에도 나가지 않는 일

구름이 보낸 편지가 있나 없나
손가락으로 우체통을 열었다 닫는 일

— 「조그맣게」

각북 마을에 들어갈 수 있는 자아는 이런 일에 익숙하고
어울릴 만한 작고 겸손하고 동심을 지닌 자아이다. 우리는
어린 시절 이런 자아와 함께 살았다. 그러나 나이를 먹고 현
실에 시달리면서 이런 자아를 잃어버리고 말았다. 이제 이
런 자아는 현실의 시간이 멈추는 곳에서만 겨우 고개를 내
밀 뿐이다. 이기철의 시들은 우리를 각북 마을에 초대하
여 우리가 현실 생활 속에서 잃어버린 이러한 자아를 되찾
아 준다. 물론 이러한 자아만으로 현실을 견뎌 낼 수는 없
다. 그렇지만 이러한 자아의 도움 없이는 온전한 삶의 지향
과 균형과 품위를 구하기 어려울 것이다. 이기철의 시들은
아름다움의 근원에 대해서만 이야기하는 것이 아니라 잠시
현실의 시간을 멈춰 놓고 우리를 현실과는 다른 세계로 데
리고 가서 우리가 잃어버린 자아를 되찾아 준다. 『나무, 나
의 모국어』는 현실에 지친 어른들을 위한 동시이기도 하다.

이기철

1943년 경남 거창에서 태어났다.
영남대 국문과 및 동 대학원을 졸업하였다.
1972년《현대문학》으로 등단, 1976년부터 '자유시' 동인으로 활동했고
대구시인협회장, 한국어문학회장 등을 역임하였다.
『청산행』, 『유리의 나날』, 『가장 따뜻한 책』 등 13권의 시집과
『손수건에 싼 편지』 등 3권의 에세이집이 있다.
그 외에도 『시학』, 『작가연구의 실천』, 『인간주의 비평을 위하여』 등의 저서가 있으며
2011년 산문집 『영국문학의 숲을 거닐다』를 출간하였다.
1993년 『지상에서 부르고 싶은 노래』로 김수영 문학상, 1998년 『유리의 나날』로 시와시학상,
2000년 『내가 만난 사람은 모두 아름다웠다』로 최계락문학상 등을 수상하였다.
현재 영남대 명예교수로 있다.

나무, 나의 모국어

1판 1쇄 찍음 · 2012년 2월 17일
1판 1쇄 펴냄 · 2012년 2월 24일

지은이 · 이기철
발행인 · 박근섭, 박상준
편집인 · 장은수
펴낸곳 · (주)민음사

출판 등록 1966. 5. 19. 제16-490호
서울시 강남구 신사동 506번지 강남출판문화센터 5층 (우)135-887
대표전화 515-2000 / 팩시밀리 515-2007
www.minumsa.com

ISBN 978-89-374-0797-0 (03810)